Joujou

Émisette

Fleurette

Une société
très, très secrète

Pour mes camarades de pension...

Je remercie Marion Wasinta, assistante d'éducation en collège,
pour ses précieux renseignements sur l'emploi du temps
et le quotidien d'une classe de sixième actuelle.

A.-M. P.

www.editions.flammarion.com

© Flammarion pour le texte et l'illustration, 2008.
07, quai Panhard et Levassor - 75647 Paris cedex 13
Dépôt légal : décembre 2008 – Imprimé en France par IME.
N° d'édition : L.01EJEN000258.N001 – ISBN : 978-2-0812-2079-9
Loi n°49-956 du 16 juillet 1949 sur les publications destinées à la jeunesse.

Anne-Marie Pol

Illustrations de Claire Delvaux

Une société très, très secrète

CASTOR POCHE

Chapitre **1**

Poules et tritons

À 13 h 45, les pensionnaires de Mont-Rose finissent de déjeuner sous la surveillance de M. Thomas et, du côté des «juniors», on s'agite déjà! Comme tous les mercredis, ils ont activités libres de 14 à 16 heures, après la récréation.

Génial, non?

De quoi bouillonner d'impatience!

– Le mercredi, c'est mon jour préféré! s'écrie Anaïs.

Fleur approuve:

– Le mien aussi!

Les autres partagent leur avis – bien sûr.

Aujourd'hui, *bye-bye* le travail routinier! Les sixième et les cinquième peuvent dessiner, lire, visionner un DVD dans la salle de télé ou, même, aller à la piscine couverte de Vieux-Bourg.

Ferdinand, Ralph, Diane et Gabrielle ont choisi cette option.

– Vous venez avec nous, les filles ? propose Gab.

Fleur refuse l'invitation, Anaïs aussi.

– Se baigner en décembre ? Glagla !

Une bonne excuse, le bassin étant chauffé !

À vrai dire, elles zappent la séance natation pour rester à Mont-Rose avec Jade, leur copine de cinquième. Les trois filles ont… – chut ! c'est confidentiel – … « RSS » (Réunion de Société Secrète) !

Plus important que la trempette, non ?

Mais Gabrielle insiste :

– Bougez-vous, les filles, c'est trop cool ! Thomas et Élise viennent à la piscine pour nous surveiller et… ils ne nous surveillent pas du tout !

– Alors, révèle Diane, on se bagarre avec les garçons ! Même que l'autre jour, j'ai coulé Ralph !

Celui-ci s'insurge.

– N'importe quoi ! Je nageais la « brasse coulée », EXPRÈS !

– Tu coulais tout droit, plutôt ! précise Gab.

Ralph voit rouge.

– Continue et, tout à l'heure, je te fais boire la tasse !

Quelle brute ! À la malice féminine, les garçons ne savent opposer qu'une force bornée – on dirait. Les filles sont indignées.

– Et si je rapporte à M. Thomas, hein ? menace Diane.

Ça jette un froid.

À vrai dire, face à ces quatre langues pointues, les deux garçons se sentent en état d'infériorité. À cette minute, Ulysse, qui vient de déjeuner avec son père, le directeur, entre à la cantine, trimballant son sac de sport.

OUF, du renfort !

Grâce au troisième garçon de la classe, ses collègues reprennent du poil de la bête à la vitesse grand V!

– T'es d'accord, Ulysse? glapit Ralph, on va organiser une compét avec les nanas...

– Ouai-ais!

Et Ulysse claironne à ces demoiselles:

– On va vous mettre la pâtée, bande de poules mouillées!

Diane piaule:

– Poule toi-même!

– Si tu crois que c'est mieux d'être un «triton», ironise Fleur.

En effet, l'équipe masculine du collège s'appelle «Les Tritons de Mont-Rose», un nom inventé par M. Mandois, le directeur, et ma parole, Fleur Fontana semble sous-entendre que c'est complètement ringard!

Son fils frémit de colère: il DOIT rabattre illico le caquet de cette péronnelle, en lui répondant un truc... sanglant!

MAIS...

Ulysse ne trouve pas!

Elle le bloque avec ses airs moqueurs, et ses cheveux d'or. Une fille trop jolie, ça intimide ou ça énerve… surtout celle-là! Ulysse évite son regard bleu marine.

Ferdi pousse alors ce cri de guerre:

– « *Tritons en action* »!

À entendre retentir la devise de l'équipe, tout le monde s'étrangle de rire.

C'est trop chouette, le mercredi!

Un vent de vacances frémit dans l'air. On ne peut même pas se disputer pour de bon…

chapitre 2

Les cousines s'incrustent

Thomas tape dans ses mains ; on se tait.

– Les sixième et les cinquième volontaires pour la piscine, ordonne-t-il, allez chercher vos affaires au vestiaire et attendez-moi dans le vestibule ! Départ dans cinq minutes !

Exécution.

En un clin d'œil, Anaïs et Fleur se retrouvent seules à la table des sixième. Celle des cinquième s'étant vidée aussi, Jade rejoint à toute allure ses copines.

– Dites, après la récré, chuchote-t-elle, on se retrouve à quel endroit pour notre RSS ?

Fleur sourit :

– J'ai une idée…

Et son sourire se fige. Valentine et Maud (deux élèves de sixième placées à une autre table) rôdent de leur côté en espérant qu'on les invite à s'asseoir…

Elles peuvent toujours attendre !

– Quel toupet ! s'indigne tout bas Anaïs.

Ces deux cousines avaient juré de voter pour elle, lors de l'élection du délégué de classe et… elles se sont dégonflées* !

Les copines les ignorent ROYALEMENT.

Pas question de « faire amie amie » avec des faux jetons qui ne tiennent pas leurs promesses…

Non mais !

●

Une fois bien emmitouflées, les trois filles sortent dans le jardin figé par le froid piquant de décembre.

– Ça sent déjà Noël !

– Plus que onze jours avant la fête…

– Et s'il pouvait neiger… hein ?

Chaque fois qu'elles ouvrent la bouche, elles exhalent un petit nuage de buée. Autour d'elles, les quelques juniors restés à Mont-Rose se lancent un

* Voir *Les Filles au pouvoir !*

ballon, ou se poursuivent, ou bien sautillent pour se réchauffer.

– Z'avez vu ? chuchote Anaïs.

Oh ! Zut ! les cousines les collent !

Pour les semer, les copines galopent vers l'allée des buis. Le minibus des nageurs s'éloigne déjà. Elles leur adressent des grands signes. La figure aplatie contre la vitre arrière, Ulysse, plus courageux de loin que de près, répond par une épouvantable grimace.

– Il a une tête de triton, ça, c'est sûr! décrète Fleur d'un ton sans réplique.

Du coup, les deux autres approuvent, même si elles ignorent à quoi ressemble vraiment cet animal aquatique.

– Mais, ajoute Anaïs, il est drôlement sympa!

– Qui? Le triton?

– Non, Ulysse…

La petite Fontana fronce les sourcils. Sa copine n° 1 prend la défense de ce garçon désagréable? Trop agaçant! Elle passe illico à un autre sujet d'observation.

– Hé, les filles, s'écrie-t-elle, regardez Mlle Keller…

En l'absence de Thomas et d'Élise, l'éducatrice des sixième a été chargée de surveiller la récré; pour affronter la froidure, elle a enfilé une cagoule grisâtre et un gros manteau assorti.

– On dirait qu'elle s'apprête à attaquer une banque! glousse Fleur.

Elle se met à gesticuler:

– Les mains en l'air! Que personne ne bouge!

Elle a toujours de ces inventions!

Ses copines se tordent de rire.

Quand…

une voix acidulée remarque dans leur dos :

– Vous êtes drôlement malpolies de vous moquer comme ça des grandes personnes !

Anaïs se retourne.

Valentine ! Elle est à deux pas, Maud aussi ! Elles les suivent à la trace, ma parole !

– Vous n'êtes pas en train de nous espionner… par hasard ? s'informe la rouquine.

Valentine riposte :

– On ne vous espionne pas, on vous entend *naturellement*.

– Eh ben, dit Fleur, je vous conseille de vous éloigner *naturellement*, sinon…

– SINON… ? répète Maud.

Bonne question.

Fleur ne sait pas trop comment elle réagira si les cousines s'incrustent, mais elle réagira, ça, c'est sûr ! Sa bouche s'arque en un méchant petit sourire :

– SINON, proclame-t-elle d'une voix menaçante, VOUS LE REGRETTEREZ !

Jade la regarde avec admiration : elle serait cap de leur rentrer dans le chou. Au fond, Fleur n'a peur de rien, la veinarde ! Mais Jade l'attrape par la main :

– Viens, chuchote-t-elle, on court… !

L'idée d'une bagarre l'épouvante. Pour échapper au duo Superglu, elle préfère la solution… diplomatique ! Jade et Fleur filent à toutes jambes vers leur « petit jardin », au bout de la cour, suivies d'Anaïs qui bondit comme un écureuil.

Leur fuite pétrifie les cousines.

– Hé, les filles, finit par brailler Maud, on peut venir avec vous ?

Il faut lui faire un dessin, ou quoi ? Sans pitié, Anaïs hurle :

– NOOON !

Les cousines n'insistent plus.

Mais…

– Qu'est-ce qui leur prend ? murmure Jade.

Ça alors !

Elles se précipitent vers Mlle Keller… et bla-bla-bla et bla-bla-bla !

– Elles rapportent, qu'est-ce qu'on parie ?

Fleur a tapé dans le mille. L'éducatrice se tourne du côté des trois copines…

– Anaïs, Jade, Fleur ! appelle-t-elle à tue-tête.

Bien obligées d'obéir.

Elles la rejoignent en traînant les pieds. Mlle Keller va leur « secouer les puces » (selon son expression).

Et voilà… !

À cause de deux cafteuses, ça s'appelle un mercredi (presque) gâché…

chapitre 3

Attention, danger !

— **É**coutez-moi bien…

Mlle Keller s'adresse sévèrement aux trois copines.

– … Vous êtes priées de jouer avec Valentine et Maud jusqu'à la fin de la récréation.

LA PUNITION !

Jade baisse le nez, Anaïs aussi, mais Fleur relève la tête avec insolence.

– En quel honneur ? interroge-t-elle.

– Parce que, ma petite, il faut savoir manifester de l'amitié à ses camarades de classe.

« L'amitié ne se commande pas ! » a bien envie d'objecter Fleur.

Les cousines ne méritent pas la sienne. Point. Elle leur jette un regard noir.

– Ben, alors, qu'est-ce qu'on fait ? demande Maud.

Valentine hasarde :

– On pourrait jouer à cache-cache ?

– Une excellente initiative ! s'enthousiasme Mlle Keller.

Anaïs et Jade acquiescent mollement, mais Fleur prend sur-le-champ la direction des opérations.

– Toi, Maud, ordonne-t-elle, tu vas contre cet arbre et tu comptes jusqu'à 20 pendant que...

– Ah non ! l'interrompt la cousine, moi je reste avec Valentine.

Mlle Keller s'interpose :

– Voyons, mon enfant, tu dois accepter la règle du jeu, si tu veux jouer avec les autres !

ET PAN !

Ça lui apprendra !

Tournée vers le tronc froid, Maud égrène à pleine voix :

– 1, 2, 3, 4...

Valentine détale déjà en direction de la gloriette.

Fleur, Anaïs et Jade courent se planquer à l'endroit opposé, derrière les buis.

Une fois là, elles pouffent de rire.

Bonne idée, finalement, ce cache-cache !

Les copines peuvent se chuchoter leurs impressions loin des oreilles de Mlle Keller et de celles des cousines.

– Ces nanas...

– Elles sont aussi collantes que des vieux bouts de sparadrap !

– Ou des sangsues…

– Ou des ventouses!

– Si ça se trouve, souffle Jade, on ne pourra pas faire notre RSS…

Fleur sursaute de la tête aux pieds:

– À cause d'elles? Manquerait plus que ça!

– … 18, 19, 20! glapit alors Maud.

Elle fonce direct vers la gloriette y débusquer sa cousine. Ça laisse encore dix secondes de répit au trio.

Fleur murmure à toute vitesse:

– Écoutez, les copines, on va se retrouver à l'atelier d'arts plastiques à 14 h 15, mais *on ira chacune séparément* pour ne pas éveiller les soupçons des «ventouses»…

– Toi alors…

Jade est épatée. À son avis, Fleur possède un « cerveau à idées» hors norme.

– … où tu vas chercher tout ça?

– Dans les scénarios de Maman, tiens! Je les lis tous!

Être fille de la star Jessica Jewel, ça aide!

Cette explication déçoit un peu Jade, mais Anaïs s'exclame :

– SUPER-GÉNIAL !

Pour narguer les cousines, elle bondit hors des buis et, contrairement aux règles ancestrales du cache-cache, elle agite les bras comme des ailes de moulin à vent :

– Hooo, on est iciiiiiiiii ! hulule-t-elle.

Fleur et Jade s'esclaffent, puis l'imitent. Maud va cafter sur-le-champ à l'éducatrice :

– Mademoiseeeelle ! Elles ne jouent pas pour de bon.

– Voyez ça entre vous, riposte Mlle Keller, agacée. De toute façon, la récréation se termine…

Elle souffle à pleins poumons dans son sifflet.

Les juniors se mettent en rang. Les trois copines restent *le plus loin possible* des ventouses.

Valentine larmoie :

– Elles ne veulent pas de nous, c'est clair.

– Pleure pas, lui souffle Maud, on les aura au tournant… et, ça aussi, c'est clair !

chapitre 4

Tour de passe-passe

Une fois à l'intérieur, Mlle Keller propose à sa troupe une activité inattendue : décorer le sapin apporté, hier, dans la salle de télé. Aujourd'hui, il faut y accrocher des guirlandes, des boules et des petits personnages de Noël…

– Qui veut m'aider ? demande l'éducatrice.

Les doigts se lèvent.

– Moi, moi, moi…

Anaïs, Jade et Fleur échangent des coups d'œil perplexes. Donner un coup de main à Mlle Keller signifie remettre leur RSS à une date ultérieure…

Trop dommage !

À cet instant, les cousines braillent d'une seule voix :

– COMPTEZ SUR NOUS, MADEMOISELLE !

Elles sont prêtes à tout pour se faire bien voir, donc, à rester ici, *collées* à Mlle Keller.

Quelle aubaine !

Fleur, Anaïs et Jade se sourient.

SAUVÉES !

– À nous de jouer, susurre Fleur.

Acte I

Les trois copines proposent d'aller chercher la « boîte aux trésors » (autrement dit les décorations de Noël) dans le bureau de l'éducatrice, au bout du couloir, mais…

Elles ne reviennent qu'à deux dans la salle télé… !

OÙ EST FLEUR ?

Maud ouvre des yeux ronds.

À cet instant, Mlle Keller lui demande de tenir l'escabeau.

– J'ai un peu le vertige, s'excuse-t-elle.

Et elle grimpe sur cette échelle branlante, tandis

que la cousine n° 1, *neutralisée*, reste agrippée aux
montants...

Acte II

L'éducatrice accroche une étoile au sommet de l'arbre, puis elle réclame des cheveux d'ange à Valentine qui farfouille dans la boîte avec les autres juniors.

La cousine n° 2 obéit avec empressement.

Quand elle se retourne, elle reste ébahie.

OÙ EST JADE ?

Elle a disparu…

Acte III

« À moi de filer, maintenant… » se dit Anaïs.

L'air de rien pour ne pas éveiller les soupçons des ventouses, elle choisit des figurines : un angelot, deux lutins plus un petit mouton.

Elles lui plaisent pour de bon, parce qu'elles ressemblent respectivement à bébé Noé, aux jumeaux, et au chien Zorro – sa famille nombreuse.

Elle les suspend en bonne place, parmi les branches.

Soudain, elle a un désir terrible de se retrouver à la maison pour Noël…

Elle renifle.

– T'as envie de pleurer ? s'informe Valentine.

La rouquine aboie :

– Ça ne te regarde pas !

On ne raconte pas ses états d'âme à une « ventouse » !

Celle-ci, vexée, pique du nez dans la boîte, y récupère une boule resplendissante…

– Elle est jolie, hein ? dit-elle à la cantonade, avec l'espoir qu'Anaïs lui réponde.

Et Valentine reste baba : plus de rouquine !

Oooooooooh !

OÙ EST ANAÏS ?

chapitre 5

« Copines un jour, Copines toujours »

Anaïs grimpe quatre à quatre l'escalier de la tour, pousse la porte du premier étage et débouche sur le «palier au portrait», appelé ainsi à cause de l'immense tableau qui occupe le mur du fond.

Il représente une belle dame à crinoline.

Quand Anaïs passe sur la pointe des pieds devant le bureau du directeur, elle a presque l'impression que, du haut de son cadre, la belle dame l'observe…

«Dépêche-toi, Anaïs!»

La rouquine se faufile par le battant entrebâillé de l'immense atelier d'arts plastiques réservé aux juniors, à gauche. Fleur et Jade l'y l'attendent – évidemment.

Les trois copines se sautent au cou.

Oh! là là! Quelle aventure!

– On s'est débrouillées SUPER…

– Le coup de l'arbre, c'était un… coup de bol! s'esclaffe Anaïs.

Et Fleur récite comme une actrice de théâtre:

– «C'est ça, la chance: un cheveu à saisir et à ne plus lâcher!»

Elle adore parler par citations.

Celle-là est tirée de «Fenêtre sur jardin», un épisode du *Détail qui tue*, la série télé où triomphe sa mère.

Bluffées par la culture de leur copine, Anaïs et Jade gardent un silence respectueux…

Puis on passe aux choses VRAIMENT importantes!

Les trois filles se prennent par la main pour murmurer le mot de passe de leur société secrète:

– «*Copines un jour, Copines toujours…*»

Et Anaïs pouffe de rire – impossible de s'en empêcher! Outrée, Fleur la foudroie du regard.

– Hé! se défend la rouquine, on peut se marrer, non? Ce n'est jamais qu'un jeu, notre RSS…

Jade objecte :
– Mais un jeu hypersérieux !

– PLUTÔT! renchérit Fleur, sourcils froncés.

Il y a de l'électricité dans l'air.

Jade se dépêche d'intervenir – diplomatiquement.

– Parlons de «l'ordre du jour», propose-t-elle. On doit choisir le logo de notre société secrète, vous vous rappelez?

Anaïs s'emballe:

– Ça oui! J'ai même une idée géniale!

– Moi aussi, j'en ai une, je te signale! la rembarre Fleur.

La rouquine s'insurge:

– Chacune son tour, et tu as déjà inventé notre mot de passe!

– Ben oui mais, toi, tu as trouvé nos surnoms…

– Pas toute seule! proteste Anaïs. Tu as aussi mis ton grain de sel… comme d'habitude!

Ouille…

D'ici que la réunion disjoncte en court-circuit amical!

Jade supplie ses copines:

– Voyons! Vous n'allez pas vous disputer pour des «queues de cerise»…

(Une expression de sa maman à elle, en l'occurrence.)

Des « queues de cerise » ? C'est tout à fait ça ! Les deux filles pouffent de rire.

Jade en profite :

– Pour le logo, annonce-t-elle, moi aussi, j'ai pensé à quelque chose...

En rougissant, elle sort de sa poche une feuille pliée en quatre, elle la déploie avec soin...

– Oh ! c'est trop joli ! s'extasient Anaïs et Fleur.

Jade a dessiné un magnifique trèfle à trois feuilles...

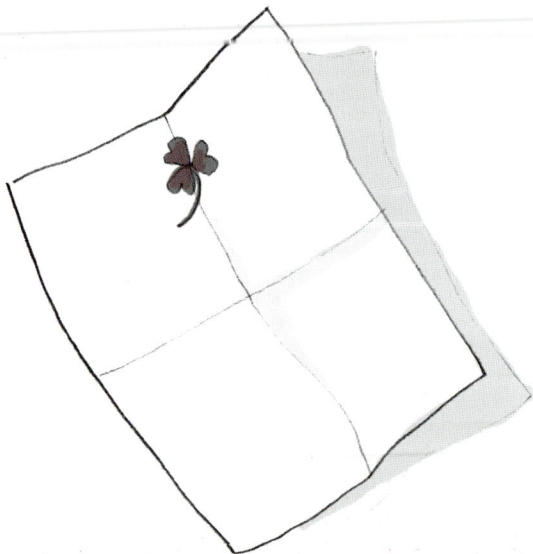

– Il nous représente toutes les trois, souffle-t-elle.

Pour un logo, ça, c'est un logo ! Inutile de chercher autre chose. Le trèfle de Jade est adopté à l'unanimité.

Les yeux noirs de l'artiste brillent comme des étoiles…

Chapitre **6**

Une société
très, très secrète...

Quand elles se sont assises à une des tables à tréteaux :

– J'ai encore une autre idée, révèle Jade.

Grâce à son trèfle, elle a soudain l'impression de faire VRAIMENT partie du trio. Pas toujours marrant d'être en cinquième, quand Fleur et Anaïs sont ensemble en sixième. Ça les a rapprochées et, de son côté, Jade se sent (parfois) un peu en dehors.

Mais, là, c'est super !

– Alors, c'est quoi, ton idée, Jade ? demande Anaïs.

– Vous allez voir…

Contre un des murs de l'atelier, il y a des étagères où les juniors rangent leurs fournitures, tubes de peinture, godets, pinceaux ou crayons. Jade court chercher son Bic doré. Ensuite, avec une application d'élève parfaite, elle écrit autour de chaque feuille de trèfle leurs surnoms secrets...

Fleurette, Anisette, Jadou

– Vert et or, s'extasie Fleur, ça fait super beau !

Anaïs murmure :

– Et les feuilles de trèfle ressemblent à des petits cœurs, vous ne trouvez pas, les filles ?

– Oui, renchérit Fleur, des petits cœurs réunis pour toujours.

L'émotion lui rosit les pommettes. Anaïs et Jade sont les premières amies de sa vie. Elle n'en a pas eu d'autres, avant. Fleur espère qu'elles le resteront... pour la vie !

Et ça se prépare...

L'amitié est une espèce de plante. On doit la chouchouter, sinon elle dépérit, ou bien elle est envahie par des mauvaises herbes – égoïsme, indifférence, désinvolture.

– Allez, Jadou, dit Fleur, reporte au-dessous du trèfle nos engagements pour rester des vraies copines, je te souffle...

– Moi aussi, je te souffle, intervient Anaïs.

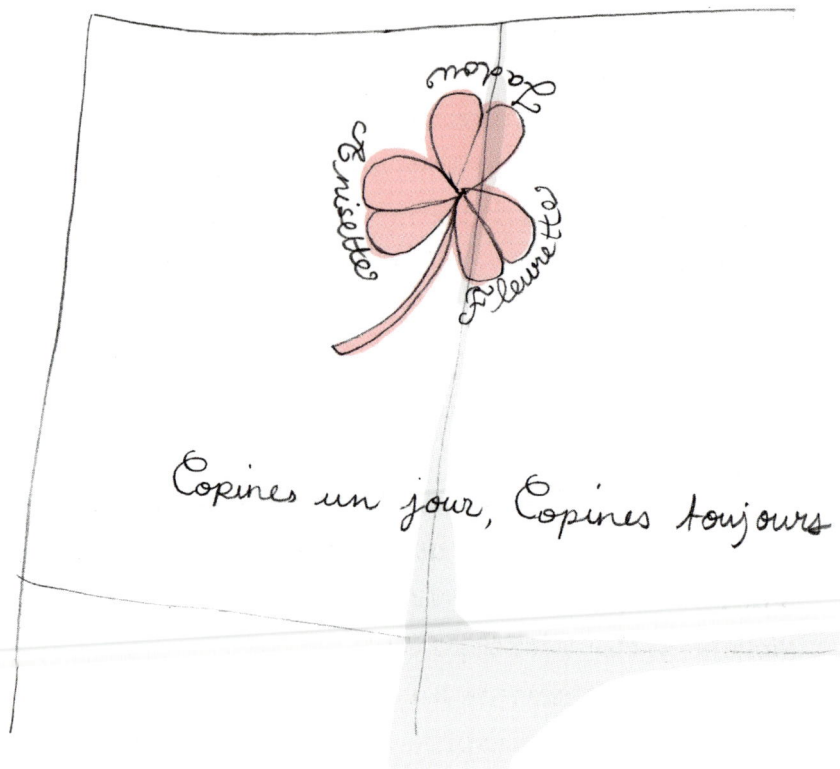

Joyeux
Brisette
Fleurette

Copines un jour, Copines toujours

Et Jade écrit sous leur dictée.

●

« *Copines un jour, Copines toujours* »
Les copines doivent :

• S'entraider

• Se porter secours en cas de problème

• Prendre le parti des autres Copines en n'importe quelle circonstance...

• Garder le secret confié par l'une ou l'autre...

À cet instant, Anaïs sursaute.

– Écoutez... chuchote-t-elle.

«On» marche sur le palier. L'antique plancher grince. Des pas prudents se rapprochent de la porte, deux voix étouffées se parlent...

QUI prend tant de précautions pour venir à l'atelier ?

– Les ventouses, pardi !

– Elles ont dû terminer l'arbre de Noël...

– Et bingo ! Elles reviennent nous coller !

Fleur saute sur ses pieds :

– Cachons-nous !

De l'index, elle désigne la porte d'une petite pièce attenante où Mlle Hermione, la prof d'arts plastiques, range son matériel. Elle laisse toujours la clef dans la serrure – une chance !

Viiite !

En trois bonds, elles s'engouffrent à l'intérieur, s'y enferment… Ni vu ni connu !

« On » entre, alors, dans l'atelier.

Les copines écoutent, l'oreille collée au battant…

– Zut! ronchonne Maud – de l'autre côté –, j'aurais juré qu'*elles* étaient ici!

Valentine gémit:

– Tu t'es trompée…

Sur ces mots dépités, elles repartent.

– Elles voulaient jouer à cache-cache, ben voilà, murmure Fleur, c'est fait!

Anaïs et Jade se tordent de rire.

Une fois sur le palier, les ventouses s'arrêtent. Bizarre.

Elles entendent rigoler… tout près.

– Ça vient du grand portrait, détecte Maud.

Valentine verdit.

Elle a entendu raconter d'horribles histoires de tableaux dont les personnages s'animent, et viennent tourmenter les vivants. Après avoir jeté un coup d'œil effaré à la belle dame en crinoline, elle couine:

– J'ai peur…

Et elle détale vers l'escalier. Maud la rattrape en courant :

– C'étaient elles, andouille, pas un fantôme !

– Tu croi-ois ? bêle sa cousine.

– J'EN SUIS SÛRE cinq sur cinq... Car j'ai reconnu leurs rires idiots !

Maud affiche un sourire supérieur.

– Réfléchis, Val, elles ont dû se planquer dans le débarras *situé juste derrière le tableau.*

Valentine en reste muette d'admiration. Elle est trop intelligente, Maud !

Et les cousines dévalent l'escalier.

Chapitre 7

« *Papa courant d'air* »

Ce que Fleur, Anaïs et Jade ont pu rire – après !
Une fois calmées, elles se congratulent :

– On les a bien attrapées…

– Les ventouses doivent être vexées de chez vexées !

– Et elles ne nous embêteront plus !

Les trois copines se regardent et… c'est reparti !
Elles repiquent un fou rire monstre ! Pourtant, entre deux hoquets, Fleur réussit à prononcer cette phrase magique :

– Il faut… hi, hi, hi… fêter notre victoire !

– Où ça ? demande Anaïs.

– À la maison, pendant les vacances de Noël !

– Chouette !

La rouquine fait mine d'applaudir.

– «À la maison», ça veut dire chez... ta maman ? s'informe Jade.

(Jessica Jewel est divorcée, chacun le sait.)

Fleur s'écrie :

– Évidemment... chez ma maman !

Jade en rougit de plaisir.

Quand elle dira à ses parents qu'elle est invitée chez la célèbre actrice, ils seront... impressionnés !

– De toute façon, poursuit Fleur, mon père ne pourrait pas m'organiser un goûter ! Un grand reporter comme lui court sans arrêt par-ci, par-là, et avec toutes les guerres qu'il y a sur la planète, il est super-occupé, donc, jamais là !

Elle sourit.

– Je l'appelle «Papa courant d'air».

Fleur a de l'humour.

Anaïs la regarde avec admiration, pas sûre qu'à sa place elle prendrait aussi bien les choses...

Jade se fait la même réflexion.

Quelle chance d'avoir des parents comme les siens ! Ils l'ont «choisie» et leur amour est, autour d'elle, comme un cocon bien doux.

Elle demande d'un ton hésitant :

– Tu le verras le jour de Noël, quand même, ton papa ?

– OH ! OUI ! Il passe TOUJOURS le 25 décembre avec Maman et moi.

En fait, ce n'est pas tout à fait vrai.

Mais Fleur veut oublier qu'Igor Fontana a zappé plus d'une fois leur jolie fête de famille.

– Cette année, je vais lui offrir un poème, chuchote-t-elle.

Anaïs affirme aussitôt :

– Ton papa sera vachement content... et fier-je-te-dis-pas !

Elle a l'intuition qu'à cette minute Fleur a besoin d'être consolée...

Mais celle-ci claironne :

– Pendant le week-end, je vais parler à Maman de mon invitation, j'écrirai des cartons avec la date, et je vous les donnerai dimanche soir, quand on rentrera à Mont-Rose...

Un programme super !

Anaïs et Jade acquiescent d'un vibrant :

– ÇA MARCHE!

Bon.

Et maintenant?

– Il faut redescendre, décrète Fleur, sinon l'éduc' risque de nous chercher.

Ça se pourrait!

Avant de clore leur RSS, les copines se reprennent par la main pour murmurer:

– «*Copines un jour, Copines toujours…*»

Ensuite, elles repartent, comme elles sont venues, une à une. Puis, une à une, elles se faufilent, dans la salle de télé. Maintenant, les juniors visionnent un DVD, tandis que Mlle Keller peaufine son sapin de Noël.

– Où aviez-vous disparu, les filles? s'informe-t-elle, se rendant compte, soudain, qu'elles ont reparu.

Les cousines échangent un coup de coude.

Le trio va-t-il écoper d'un sermon?

Hélas non…!

Un brusque boucan a retenti dans le vestibule. Les nageurs viennent de rentrer! En un clin d'œil, la salle de télé est envahie par le groupe surexcité des «Tritons» et des «Poules mouillées».

– On a gagné la compét! braille Ulysse.

Ses cheveux encore trempés sont aplatis sur son crâne. L'éducatrice s'affole:

– Tu vas attraper un rhume…

– AUCUNE IMPORTANCE…

– … On a gagné, on a gagné! vocifèrent Ralph et Ferdi.

Les filles protestent, les garçons insistent. Ça crie, ça se chamaille, ça se bouscule aussi pour admirer l'arbre de Noël! Et dans ce grabuge indescriptible, Mlle Keller oublie le cas des trois copines…

Maud et Valentine en tirent un nez de trois kilomètres!

chapitre 8

Bizarre...

Les jours ont passé : le jeudi, le vendredi, puis il y a eu la coupure du week-end. Dimanche soir, les pensionnaires reviennent à Mont-Rose... mais pas pour longtemps !

– Plus qu'une semaine avant Noël ! Génial, hein ? s'écrie Anaïs en embrassant ses parents.

Tous les élèves étant déjà entrés dans le bâtiment (une fois leurs « chauffeurs » repartis), il n'y a que la voiture des Perrot, et celle des Joigny, sur le parking envahi par la nuit précoce de décembre.

Jade souffle à sa maman :

– Pourvu que Fleur n'ait pas oublié d'apporter les invitations...

Et quand son père la serre dans ses bras, elle murmure :

– Je suis trop contente d'aller goûter chez Jessica Jewel pendant les vacances, tu sais ?

M. Joigny hoche la tête.

À cette minute précise, un véhicule lancé à toute vitesse franchit le portail, suit la grande allée dans un éclaboussement de phares, vient piler devant le perron...

C'est le coupé métallisé de la star !

– FLEUR ! piaillent Anaïs et Jade.

Et elles restent bouche bée.

La portière s'est ouverte à la volée, Fleur a bondi dehors, et l'a claquée DE TOUTES SES FORCES ! Là-dessus, la voiture repart en faisant crisser le gra-villon...

Fleur s'est déjà engouffrée dans la maison.

– Qu'est-ce qu'elle a ? souffle Jade.

Anaïs répond :

– On va le lui demander.

Logique, non ?

Après tout, elles sont «*Copines un jour, Copines toujours*», donc, elles peuvent (et doivent) TOUT se dire.

Hélas, lorsqu'elles la retrouvent, après le départ de leurs parents :

– NON, je n'ai RIEN ! décrète Fleur.

Une déclaration choquante quand on a juré d'être «Copines un jour, Copines toujours», justement !

Anaïs et Jade ont-elles bien entendu ? Elles se posent la question !

Affalée dans un des fauteuils de la salle télé, la petite Fontana pianote sur son portable. Vu les regards en point d'interrogation de ses copines, elle consent cependant à révéler :

– J'envoie un SMS à ma mère.

– Mais tu l'as vue y a dix minutes ! s'étonne la rouquine.

– Et alors ?

Bonjour, l'humeur de chien !

Anaïs n'insiste pas. Jade non plus. Fleur les ignore. Elle relit son message :

> J chang'rai pa d'ID
> Tanpi pour toi !

Elle a envie de pleurer.

Telle Blanche-Neige, Fleur Fontana fuit entre les arbres noirs ; ses longs cheveux font, derrière elle, une comète d'or...

Oui, elle va fuir.

Cette fois-ci, c'est la bonne !

L'attitude de Fleur est incompréhensible ; ses copines n'en reviennent pas. Une fois au dortoir, elles comparent à mi-voix leurs impressions.

Anaïs

– Figure-toi qu'elle n'a rien avalé au dîner !

Jade

– Et l'invitation ? Elle t'en a reparlé ?

Anaïs

– Pas un mot !

C'est mauvais signe.

– Elle s'est peut-être disputée avec sa mère… qui refusait de nous inviter chez elle ? hasarde Jade.

Anaïs chuchote :

– Si tu veux mon avis, c'est pire.

La preuve : Fleur s'est couchée sans avoir papoté avec ses copines ! GRAVISSIME – en effet.

Elles réfléchissent à la question, assises sur le lit de Jade. Élise, la surveillante, leur rappelle l'article 7 du règlement – *Interdit de se faire des visites au dortoir* –, et expédie Anaïs se coucher.

Tant pis pour la discipline!

La rouquine ne peut s'empêcher de passer la tête dans le box de la petite Fontana.

– Ça va... Fleurette?

– Laisse-moi, murmure sa copine – planquée sous la couette –, je suis fatiguée.

Anaïs n'insiste pas.

Fleur enfouit la figure dans la peluche d'Aristote.

S'enfuir en plein hiver, en plein froid...?

L'idée n'est pas top.

Elle doit trouver autre chose...

Et, tout à coup, elle TROUVE!

chapitre 9

Fleur craque !

Le lendemain matin.

Grands et juniors prennent le petit déjeuner, sous l'œil de M. Thomas qui bââââille à se décrocher la mâchoire. Il est tôt… même pour le pion !

Au-delà des portes-fenêtres, le jardin n'est qu'un trou noir. Le 18 décembre, vers 7 h 30, Il fait encore nuit, et drôlement frisquet !

À la table des sixième, tous, sans exception, serrent les doigts sur leurs bols remplis de chocolat fumant.

– Ça réchauffe ! rigole Anaïs.

Elle se force un peu, en vérité, pour dérider Fleur, toujours « zarbi ». Quand elle se disait fatiguée, hier soir, ça voulait dire « triste »… peut-être ? Sa tartine beurrée est intacte sur le rebord de son assiette.

D'ici que la petite Fontana fasse la grève de la faim…

Et Anaïs insiste lourdement :

– J'ai hâte que Noël arrive, pas toi, Fleur ?

– Noël ? MERCI ! lui retourne-t-elle.

La rouquine en reste coite.

Le jour de la RSS, sa copine n° 1 rêvait des vacances, elle voulait même organiser un goûter de Noël et… coup de théâtre !

– Je déteste cette fête ! précise-t-elle.

Sa voix se casse, pleine de sanglots.

Là-dessus Fleur repousse sa chaise, se lève et fonce en courant vers la sortie.

– FONTANA ! hurle Thomas. REVIENS À TA PLACE !

Trop tard !

La porte a claqué.

Toute la cantine a suivi la scène. À leur table, les cousines se poussent du coude…

Bien fait pour Fleur !

Anaïs se tourne vers Jade, assise avec les cinquième.

« Il faut y aller… »

Driiing !

La sonnerie de 8 heures tombe à pic !

Anaïs et Jade se précipitent aux lavabos du rez-de-chaussée.

Depuis l'invention de la pension, c'est-à-dire depuis la nuit des temps, quand un interne veut pleurer en paix, il a deux possibilités : se réfugier dans son lit ou s'enfermer aux toilettes.

Fleur s'y est claquemurée, en effet, mais elle ouvre à ses copines. À Mont-Rose, le « petit endroit » est assez vaste pour y tenir à trois !

Elles s'assoient par terre, sur le carrelage froid.

– Ma pauvre ! s'attendrit Anaïs.

Le nez gonflé, les yeux rouges, les cheveux épars, la jolie Fleur ne ressemble plus à une « fille de star », mais simplement à une gamine malheureuse…

Et, soudain, elle a drôlement envie de parler !

– Maman refuse d'inviter mon père pour Noël, annonce-t-elle d'une traite.

– Pourquoi ?

Une bouffée de larmes étrangle Fleur. Ses copines

échangent un regard apitoyé. Anaïs la prend par les épaules, Jade lui tient la main.

C'est super de se sentir encouragée… Fleur finit par balbutier:

– Ma mère ne voit pas l'intérêt d'inviter Papa, vu que je ne suis plus une «petite fille»…

Jade murmure:

– On a besoin de son papa à n'importe quel âge, non?

– SI! Mais Maman ne veut pas le comprendre.

Fleur esquisse un sourire inattendu… un sourire dans le genre «réservé aux cousines», un sourire méchant! Elle plante son regard brouillé dans celui d'Anaïs et dit sans ciller:

– ALORS, JE VAIS DISPARAÎTRE…

Le choc!

Anaïs et Jade restent pétrifiées.

Heureusement, Fleur ajoute:

– … juste quelques jours! Le temps qu'elle change de décision!

OUF!

Ses copines respirent. Enfin. Plus ou moins.

– Et tu iras où ? s'informe Anaïs.

– ICI MÊME.

Stupeur.

Fleur s'explique :

– J'aurais pu m'enfuir dans la forêt, mais je préfère me cacher dans le débarras de Mlle Hermione !

– Tu as lu ce truc-là dans un scénario de ta mère ? demande Anaïs.

– Non, je l'ai trouvé dans ma tête.

– Tu as de ces idées… souffle Jade, épouvantée.

Elle détesterait rester seule dans cette petite pièce… et si près du grand portrait!

– Ça ne suffirait pas que tu supplies ta maman? dit-elle. Avec la mienne, ça marcherait!

Fleur hausse les épaules.

– J'ai supplié, je ne te raconte pas! J'ai même pleuré tout le week-end!

– C'est pour ça que tu n'as pas rédigé les invitations?

– Ben oui.

Fleur ajoute d'un ton mélodramatique:

– «*Le désespoir m'a coupé bras et jambes…*»

Une réplique qu'elle n'a pas «trouvée dans sa tête», c'est certain!

– Si tu t'organisais plutôt avec ton papa? propose Anaïs. Tu pourrais fêter Noël avec lui…

Fleur chevrote:

– JE VEUX QU'ON SOIT ENSEMBLE TOUS LES TROIS.

Anaïs passe brusquement à autre chose.

– Mettons que Mlle Hermione entre dans le cagibi… ?

– Elle ne viendra pas avant jeudi, le jour du cours d'arts plastiques des grands, et d'ici là Maman aura cédé.

– Tu crois ?

– C'est comme si c'était fait ! soutient Fleur.

Pourtant, elle baisse les yeux.

La réaction mitigée de ses copines lui colle un de ces coups de cafard… ! Elle n'est plus aussi sûre d'avoir raison.

À cet instant, la rouquine se relève d'un bond.

– Allez, viens, Fleur ! dit-elle, si ça continue, on va arriver en retard au cours de français !

Fleur riposte :

– Mais je n'y vais pas ! Je *m'enferme* dès maintenant !

– En tout cas, moi, il ne faut plus que je traîne… marmonne Jade.

Entrer bonne dernière en classe d'anglais… merci !

La prisonnière volontaire chevrote :

– Vous me laissez, alors ?

– Ben, on ne peut pas «disparaître» avec toi, répond Anaïs.

Jade renchérit :

– On n'a pas de raison !

Fleur s'accroche à elles et chuchote :

– «*Copines un jour, Copines toujours…*», vous n'avez pas oublié, hein ?

– Non.

– Vous viendrez me voir ?

– Oui.

– Par la même occasion, apportez-moi des pommes et des tranches de quatre-quarts… ça me permettra de tenir !

Donc, Fleur ne fait pas la grève de la faim ! Un point positif. Anaïs et Jade sont soulagées. Elles peuvent filer.

Tranquilles ? Pas vraiment.

Elles sont tellement soucieuses qu'elles ne voient pas Maud et Valentine décamper à pas de loup le long du couloir…

Après avoir tout entendu !

Chapitre 10

Ce qui est vraiment important...

Mme Ignace jette un coup d'œil à la classe, remarque *une* place vide, et demande :

– Où est Fleur ?

Salomé s'écrie :

– Je ne l'ai pas vue che matin, madame !

– Serait-elle souffrante ? s'étonne la prof de français. Mlle Keller ne m'a pas prévenue.

Les cousines échangent un regard... qui en dit long !

Elles tiennent leur vengeance. Mais elles craignent trop la prof de français (qui adore Fleur) pour lui révéler la vérité. Elles attendent la récré : elles raconteront tout à Mlle Keller...

À cet instant, Ulysse éternue deux, trois, dix fois.

– J'ai attrapé froid à la piscine, renifle-t-il.

Toute la classe rigole – sauf Anaïs.

Écrasée par un sentiment indéfinissable (peur, honte, ou culpabilité), elle regarde fixement une rainure noirâtre dans le bois de son pupitre.

«Non, je ne dirai rien...»

Elle ne peut pas. Elle est «*Copine un jour, Copine toujours*».

Elle doit tenir ses engagements. C'est dur. Fleur fait une bourde ÉNORME. Anaïs en est sûre.

Elle a une terrible envie de pleurer. Jade, aussi, dans la salle à côté, en cinquième. Elle pense tellement à Fleur que... l'horreur! Elle n'a pas compris la question de Mr Smith!

Et l'élève parfaite chope la première mauvaise note de sa vie!

Oh! là là! Quelle barbe!

Quand on est enfermé au fond d'un cachot, le temps passe au compte-gouttes!

Dans son cagibi, Fleur s'ennuie à hurler. Elle

compte les minutes, voire les secondes! Elle aurait dû prendre sa trousse et son cahier de poésie...

Ça lui permettrait d'écrire de magnifiques poèmes!

Elle en a tant qui se bousculent dans son imagination chatoyante! Et lorsque la sonnerie de la récré grésille dans Mont-Rose, Fleur saute sur ses pieds!

À la une, à la deux, à la trois!

Qui ne risque rien s'embêtera toujours dans la vie... n'est-ce pas?

Fleur s'évade de sa cellule...

À l'heure de la récré, la classe sera vide.

Elle s'y faufilera comme une ombre, puis... hop! son cahier de poésie plus sa trousse sous le bras, elle remontera se cacher...!

Ça commence super!

- Personne sur le palier.
- Personne dans l'escalier de la tour.
- Personne dans le couloir.

Fleur triomphe.

Elle pousse la porte de la classe.

AAAH! Dans cette pièce, il y a quelqu'un...
ULYSSE!

– Qu'est-ce que tu fiches ici? souffle-t-elle.

– Je n'ai pas le droit de sortir, *bicoze* mon rhume.

Les jambes coupées, Fleur s'abat sur un des sièges.

Que dire, que faire, comment réagir? *Quelqu'un*

l'a vue… et ça suffit pour saccager son plan ! En plus, ce quelqu'un, c'est le fils du directeur !

– Et toi ? renifle-t-il, tu étais cachée où ?

À croire qu'il a deviné… !

Fleur sent sa poitrine se gonfler de larmes et, sans l'avoir vraiment voulu, elle déballe TOUT à Ulysse.

Il l'écoute. Pour la première fois depuis la rentrée, il ose regarder la fille de la star dans les yeux.

Quand elle s'est tue, il murmure :

– Je te comprends, parce que Papa et moi, pour Noël, on ne sera *plus jamais* avec Maman…

Sa phrase frappe Fleur en plein cœur.

Elle savait que M. Mandois était veuf, mais elle n'avait jamais réfléchi à la question. Elle n'avait jamais considéré Ulysse comme un orphelin, mais soudain elle prend conscience de sa situation. C'est trop horrible de fêter Noël *sans sa maman parce qu'elle est morte…*

Alors…

Elle prend la main d'Ulysse dans la sienne. Ils se sourient.

– Tu as raison, dit Fleur, y a des choses vraiment importantes et d'autres… pas tant que ça !

Elle ne remontera pas dans sa cachette – Fleur le sait !

Et puis, elle va se rabibocher avec Maman. Ce sera son cadeau de Noël !

Au retour de la récré, Anaïs pousse un cri de joie, mais… la tête des cousines quand elles voient Fleur assise à son pupitre !

Mlle Keller est indignée.

– Vous m'avez raconté des bobards, Valentine et Maud ! s'emporte-t-elle.

Anaïs, Fleur, Salomé et Ulysse éclatent de rire !

Deux minutes après, la rouquine reçoit un petit bout de papier où est griffonnée cette phrase :

Ulysse et Salomé sont drôlement sympas... Si on leur parlait, un jour, de notre société secrète ?

F.F.

(À suivre)

L'auteur

Moi aussi, je suis allée en pension – pendant quatre ans ! Ce souvenir m'a donné envie d'imaginer les héroïnes de Mont-Rose. Fleur, Anaïs, Jade, Salomé (et les autres) ressemblent beaucoup à mes copines de l'époque. Elles s'appelaient Martine, Daisy, Brigitte, Sylvie et Denise. Nous étions pensionnaires dans un grand château... où il n'y avait pas un seul garçon ! Alors, à l'étude, j'inventais des romans dans lesquels caracolaient de beaux chevaliers. J'aurais adoré avoir un ami comme Ulysse ! Et, maintenant, quand j'écris les aventures des copines, ça m'amuse beaucoup de confronter mon « copain » à ces terribles « petites bonnes femmes »...

www.annemarie-pol.fr

L'illustratrice

Je ne suis jamais allée en pension, mais ma sœur y a fait son lycée et nous a raconté mille petites anecdotes rigolotes ! Alors, forcément j'y ai repensé en illustrant *Les 3 copines*. Pour le reste, je puise dans mes souvenirs : à l'âge de Fleur, Anaïs et Jade, j'étais à l'école aux États-Unis ! On avait une super bibliothèque et j'adorais lire ! Je me souviens que l'on dessinait aussi beaucoup en classe. Le mélange de tout ça a sans doute contribué à me donner envie d'illustrer des histoires... Ce que je fais depuis quelques années maintenant avec toujours autant de plaisir !

Table des matières

Chapitre 1   Poules et tritons   **4**

Chapitre 2   Les cousines s'incrustent   **12**

Chapitre 3   Attention, danger !   **22**

Chapitre 4   Tour de passe-passe   **30**

Chapitre 5   *« Copines un jour,*
Copines toujours »   **38**

Chapitre 6   Une société très, très secrète…   **46**

Chapitre 7   « Papa courant d'air »   **56**

Chapitre 8   Bizarre…   **64**

Chapitre 9   Fleur craque !   **72**

Chapitre 10   Ce qui est vraiment important…   **82**

L'auteur   **93**

L'illustratrice   **95**

Retrouve Fleur, Anaïs et Jade dans…
« Drôle de pensionnaire ! »